KB147770

술항아리

황금알 시인선 117

# 술항아리

초판발행일 | 2015년 11월 11일

지은이 | 정경해
펴낸곳 | 도서출판 황금알
펴낸이 | 金永馥
선정위원 | 김영승 · 마종기 · 유안진 · 이수익
주 간 | 김영탁
편집실장 | 조경숙
표지디자인 | 칼라박스
주소 | 03088 서울시 종로구 이화장2길 29-3, 104호(동숭동, 청기와빌라2차)
물류센타(직송 · 반품) | 100-272 서울시 중구 필동2가 124-6 1F
전 화 | 02)2275-9171
팩 스 | 02)2275-9172
이메일 | tibet21@hanmail.net
홈페이지 | http://goldegg21.com
출판등록 | 2003년 03월 26일(제300-2003-230호)

값은 뒤표지에 있습니다.

ISBN 979-11-86547-17-5-03810

# 술항아리

## 정경해 시집

황금알

분명 여름이었는데

어느새 가을이다

가을을 만져보지도 못했는데

저만치서 겨울이 옷깃을 매만지고 있다

붕대는 아직도 발목을 물고 마음을 풀지 않는데

나는 세상이 궁금하다


환한 빛이 나를 보고 웃는다

# 차 례

## 2부  문밖에서

## 3부 말뚝

## 4부 수신인

# 1부

떠난 것들에 대하여

# 능소화

저년,
저 붉은 웃음으로 사내놈 어지간히 후렸겠다

흘긋흘긋 눈웃음치며
치마를 들썩들썩

이 사내 저 사내
기웃대더니

그래도 떠난 그 사내 잊지 못해

오늘도 고목나무 목 감으며
고개를 쭉 빼는

징글징글한 저년!

혼자된 지 오래
호랑가시나무

발끈
가시 세운다

# 신新 효자

벚꽃 날리던 날, 빨래를 걷다 꽃잎처럼 떨어진 어머니. 머리에는 근심으로 불거진 혹 한 덩이 솟아오르고 손목에도 하얀 목련이 피었다. 응급실에 누워서도 휴대폰을 꼭 안고 마음까지 깁스를 했는지 입을 열지 않는다.

119를 불러준, 휴대폰이 효자라던 이웃집 여자. 그녀의 중얼거림이 화살로 달려와 귓속에 콕 박힌다. 피 묻은 손에 꼭 쥐어진 어머니의 휴대폰. 할 말이 많은 듯 불빛을 반짝거린다.

그림자 달아난 빈집 계단에 유서처럼 피가 얼룩져 있다. 마당 한구석, 육십 년 세월 벚나무가 우두커니 서서 먼 하늘을 본다.

# 공사 중, 불편을 드려 죄송합니다

누가 제 살이라도 스치면 참을 수 없다는 듯
비죽비죽 날 세워 불편한 심기 드러낸 철근으로
도무지 펴줄 생각 없는, 모래알처럼 쌓인 욕심
제 맘대로 안 된다고 툭하면
모래바람 일으켜 남의 눈에 눈물 나게 하고
언제나 한 곳에 웅크려 꼼짝 않는 고집 센 벽돌로
눈치 보며 비켜가는 사람 발끝 물어야 직성 풀리는
모르고 밟은 것조차 절대 용서할 수 없다며
발끈발끈 못으로 모질게 찌르고야 마는 소갈머리
사람이면서 사람이 아닌 나를 공사합니다

공사 중, 불편을 드려 대단히 죄송합니다

추신:
이 공사는 언제 끝날는지 알 수가 없습니다
평생 공사 중일 수도 있으니 부디 양해 바랍니다

# 자개장

자개장을 버리던 날 비가 몹시 내렸다.

　집을 떠나기 싫은 듯, 자개장은 문지방에 걸린 척 몸을 비틀거렸고 이따금 느닷없이 문을 활짝 열고 소리 내어 웃었다. 십장생이 그려진 몸뚱이는 검버섯 핀 지 오래, 제 명을 예감한 듯 빛 잃은 해가 눈을 반쯤 감은 채 숨을 할딱이며 듬성듬성 머리 빠진 구름을 붙잡고 놓아주지 않았고 수십 년을 오르내렸던, 생솔 향기 사라진 산은 반질반질 길이 나 풀 한 포기 남아 있지 않았다. 마른 살비듬 버석대는 계곡에는 더는 학과 거북이 찾아오지 않았고 입술 부르튼 돌멩이만 굴러다녔다. 불로초를 찾아 떠난 사슴이 아직 돌아오지 않았지만 아무도 기다리지 않았다. 자개장이 움직일 때마다 꺾인 관절에서 신음소리가 새어나왔고 부축 없이는 한 걸음도 걷지 못했다.

　어머니 양로원 가시던 날 비가 몹시 내렸다.

# 구멍

오늘 한 생生이 하늘에 마감 전보를 쳤다. 허기진 임금
賃金이 목구멍을 막지 못해 늘 마른 바람이 드나들었다고
했다. 솟은 적이 없었기에 내리막이 궁금했던 그는 초고
층 아파트 옥상에 우뚝 서 마음껏 날개를 폈다고 했다.
낙엽 쓸어가듯 앰뷸런스에 실려 가는 그를 향해 몇 개의
목구멍이 밤새 검은 울음을 토했고 귀를 닫은 사람들은
환청에 시달렸다고 했다. 우우우 바람이 나무에 머리를
찧던 그 밤 그가 머물던 시멘트 바닥에 새살이 돋지 않
을 거라는 풍문과 함께 눈물처럼 낙엽이 투신했고 알 수
없는 구멍이 자꾸 생겨나 가래 끓는 바람이 밤새 창문을
두드렸다고 했다.

# 술항아리

헛간 구석진 곳
키를 낮춘 항아리 하나 앉아 있다
살갗에 무성한 비듬 슬은 채
헛배가 부른지 가끔 트림을 하며 먼지를 올린다

항아리는 기억한다
밤마다 찾아와 얼굴을 묻던 그 사내
자신을 사랑하던, 한 남자의 생을

사내가 가슴을 더듬을 때마다
마음껏 젖줄을 물려주던 짜릿했던 그때를
그 목덜미 물고 놓아주지 않던,

사내는 밤마다 울었고 어둠이 장송곡을 연주했다
그럴수록 항아리는 입을 더 크게 벌렸고
사내는 광맥을 찾는 포식자처럼 눈을 번득였다

언제부터인가
항아리의 마른기침이 잦아지더니

사내의 발자국이 지워졌고 다시 볼 수 없었다

아버지의 술항아리
그렇게 남겨졌다

# 봄날은 간다

화르르
꽃잎이 웃음 터뜨린 봄날,
폐지 줍는 할머니 고단한 등에
꽃비 내려앉아
생의 지도를 그린다
할머니는 아직도 엉킨 미로 속을 서성이고
곁에선 리어카,
간신히 폐지 한 입 베어 물고
종일 하품이다
대박 부동산 앞 난전 봄나물
햇살에 꽁꽁 묶여
까묵까묵 졸고
자글자글 속상한 손 하나 나물을 깨운다
부동산 문턱에 턱을 괸 꽃잎들,
멀뚱멀뚱 티브이를 훔치는데
의붓자식 때려죽인 계모 나오자
부동산 주인 김 씨 귀지를 자꾸 파낸다
흰 가운을 펄럭이며
도로를 달리는 구급차 비명을 지르고

허공에 기대선 전봇대,
봄볕에 그을린 얼굴로 무표정하다
땅만 보고 걷는 사람들,

봄날은 간다

# 폐선

소래포구 뻘 바닥
폐선 한 척 모로 누웠다
주름진 그물을 베고
가뭇가뭇 생각에 잠겨
눈을 떴다 감았다 한다

가을 햇살이
이따금 등을 쿡 찔러 보지만
꿈쩍도 않는다

푸른 치마폭 너울대며
달뜬 가랑이 벌리던
정분 났던 그 바다,
그때를 돌이키는지
가끔 허탈한 웃음을 흘린다

만선의 깃발과 함께 달려와
부른 배를 두드리며
신트림 올리던

포구 한귀퉁이에
희끗희끗 백발로 누워 있다

다시는 돌아오지 않을
푸른 시절을 그리는 듯

김 선장,
소주병을 꼭 쥔 채
모로 누워 잠이 들었다

# 투석 *

언제부터 너에게로 가는 길이 좁아지고 있었는지
무기력한 입술 너머로 백태가 이끼처럼 자라고
오래된 침전물로 쌓인 길은 점점 더 혼탁해져 갔다

멀리, 뿌연 창 너머 네 모습이 지워지고 있었다
가끔 가슴에 통증이 일었지만
그건 너의 부재가 아닌 거라고 최면을 걸었지

소리 없이 차오르던 숨,
째깍째깍 초를 재며 둥둥 떠다니는 묵은 혈전들
입술이 파랗게 질려갈 때까지 정말 몰랐을까 우린

언제부터였을까
우리의 간극 캄캄한 터널 속에서
혼잣말을 하고 있었다
메아리마저 떠난 지 이미 오래였지만 모른척했던 거다
서로

무관심의 그물망 속에 갇혀

너와 난 다른 곳을 보며 화석이 되어 갔다

오늘, 너를 향한 길목에
열 손가락 유리병에 담은 뜨거운 눈물의 용액 링거를
꽂는다
눈물이 무릎 꿇어 혈관을 기어갈 때 저만치 까치발 띤
네 손짓을 볼 수 있다면

나는 링거의 주삿바늘을 뽑지 않겠다


\* 만성신장 질환 환자가 혈액을 정화할 때 쓰는 용어

# 고기를 추억하다

몸보신하자며
고기 좀 먹자는 식구들을 위해 정육점에 들렀다
붉은 등 아래 진열된 고기를 고르다 문득
쓸모 있는 죽음에 대해 생각한다
생전에 짐승이라고 멸시받던 동물들이
조목조목 부위별 이력을 들고 친절하게 설명하며 앉아
있다
죽어서도 헌신하는 그들을 보며 나를, 사람을 생각한다
너희를 빗대 돼지 같은 놈이라고 욕했던 것 미안하다
소처럼 미련하게 일만 하다 죽을 거냐 힐난했음을 사
과한다
말할 줄 안다고, 생각이 뛰어나다고 거들먹거렸음이
부끄럽다
수다할 줄 몰라 이간질할 줄 모르고
깔보던 짐승 대가리이기에 간교한 꾀로 남을 등치지
않고
묵묵히 제 할 일을 하던 너희는 죽어서도 온전히 베풀
고 있구나
뒤룩뒤룩 욕심만 부리던 사람들은 제 살 한 점 주기는

커녕
　이승을 떠나서도 이기적이어서 추모 공원으로, 묘지로
　세상 사람들을 오라 가라 귀찮게 하는데
　짐승 같은 놈이라고 업신여김받던 너희는 생을 마감하
고도
　다른 이를 위해 몸과 마음을 바치고 있구나
　사람이어서 부끄럽다

# 인천 66
— 소래 협궤 열차

가을밤,
소래에 앉아 바다를 마신다
불빛이 꺼지지 않는
포구는 만취다
쓸쓸함을 탄 폭탄주에
주량을 넘긴 눅눅한 낭만이
끊긴 선로에 잠든
협궤 열차를 깨우고
어느새 쓰러진 사랑을 태운
열차는 별을 품은 바다를 달린다
소금보다 짠 염부의
생이 달리고
눈알 퀭한 생선처럼
어머니의 생이 달리지만
소래는 아직도
돌아오지 않는 그녀가 궁금해
자정이 넘도록
참이슬에 젖는다

# 인천 57
― 북성 포구 새우젓

우리 동네 한 성질 하는 녀석 있지
시도 때도 없이 천방지축 날뛰는
혼자만 잘났다고
하늘 높은 줄 모르고 펄떡펄떡
목덜미 잡을 새도 없이
세상이 제 것인 양
날아갈 듯 허공을 긁어대다
제풀에 꺾이면
바닥에 드러누워
제 갈 길 못 갔다고
씩씩 성질 부리는 놈
어우러져야 산다고
성질 좀 죽이라고
소금 한 바가지 입혀
어르고 달랬더니
함께해야 제맛이라는 말
이제야 알겠다고
곰삭아 나른한 삭신으로
등 구부려 세상 품고
누워 있다

# 떠난 것들에 대하여

길거리 좌판에서 우연히 마주친 옷
편안한 웃음이 좋아 보여 냉큼 들고 와서는
지퍼가 뻑뻑하다고
싸구려라 별수 없다고
처박아 두었는데
시간이 흐른 뒤
옷장 구석에 등 구부려 서 있기에
무심히 들어 지퍼를 내리니
부드러운 미소로 스르륵 마음을 연다
신분 없는 옷이라고
촌스럽다는 이유 하나로
보기 싫다 꽁꽁 처박았던 옷
묵은 옷을 입으며
예전의 누군가를 떠올린다
마음을 열지 않는다고
내가 먼저 돌아섰던,
나 때문이란 생각 못 한 채
떠난 그만 탓했다
기다려 주었다면

그도 분명 마음을 열었을 텐데
자존심이 뭐라고
손을 놓아 버렸다
속을 드러내며 나를 품으려는
이 옷이 이렇게 예뻤다니
내가 떠나보낸 그도
이 옷처럼 나와 잘 어울렸을 거다

# 달을 보며 웃다

대낮, 우리 집에 둥근 달이 떴다
환하게 솟아올라
거실을 비추며 두둥실 떠 있다

삼백육십오일 종일 떠올라
웃음으로 집안 구석구석 비추는
고마운 달

오늘은
드르렁 드르렁 콧노래를 부르며
배꼽까지 드러내어 환히 비춘다

둥글둥글
뱃살 출렁이는 무던한 달
세상 모르고 코를 곤다

달을 보고 킥킥 웃는 아이들

이놈들아,

저기가 니놈들 고향이다!

둥글둥글 복스러운 배가
참 예쁜 달

아내가 낮잠을 잔다

# 미안하다


그녀는 아무거나 잘 먹는다
오로지 내 입맛대로 골라 그녀를 주지만
난 한 번도 그녀의 불평을 들어 본 적이 없다
가끔은 내 취향이 아니라고 고개를 흔들 만도 한데
사랑스런 그녀는 순종적이라 조용히 먹기만 할 뿐이다
순둥이 그녀, 착한 그녀
요즘 세상에 이런 여자를 만날 수 있을까
난 까탈스럽지 않은 그녀가 내 곁에 있다는 것이 무척
고맙다
이런 무던한 그녀가 요즘 어딘가 아픈 기색이 역력하다
위가 더부룩한지 헛구역질을 하며 까무룩 기운 없어
한다
걱정이 되어 그녀의 등을 툭툭 쳐주고
그동안 주는 대로 먹어 제법 통통해진 허리를 슬쩍 만
져도 본다
그렇게 며칠을 시름시름 앓던 그녀가
오늘 드디어 탈이 났다
울컥울컥 구역질을 하며 토하기 시작한 것이다
그녀가 울컥댈 때마다

한 무더기의 오물 덩이가 쏟아진다
어떻게 좁은 뱃속에 이 많은 것들이 들어 있었는지
뭉그러져 축 늘어진 야채, 얼굴이 일그러진 과일들
백설기, 인절미 잔칫집 떡까지
언제 주었는지 나도 모르는,
소화되지 않은 고기들이 빨간 위액을 뚝뚝 흘리며
그녀의 목구멍을 통해 토해진다
그녀의 구토에 정점을 찍은 것은
골판지처럼 삭은 묵은지 덩이들이다
미련하게 주는 대로 먹더니…
그녀를 탓하려던 나는 슬그머니 입을 다문다
대용량 쓰레기봉투에 담긴 저 오물 덩이들!
그녀의 뱃속으로 끝없이 밀어 넣은 저것들은
바로 내 '욕심 덩이' 아닌가
퀭한 그녀와 눈이 마주친다
미안함에 고개를 돌리지만
어느새 난, 속이 텅 빈 그녀가 허하다는 핑계로
그녀, 냉장고에게 또 먹을 것을 주고 있다

# 2부

문밖에서

# 비로소

그래, 이런 기분이었구나

휠체어에 앉아 당신을 생각한다
예기치 않은 일은 누구나에게 온다는 것
당신만의 이야기가 아니었음을

휠체어에 앉은 당신을 볼 때마다
그건 당신의 이야기일 뿐이라고 돌아섰던,
당신에게 주었던 얄팍한 선심이 부끄럽다

보이는 것만 불편이라 생각했다
당신 안의 고통의 무게, 꼭
저울에 달아 보아야만 알았을까

당신의 휠체어를 밀며
배려라 생각했던 시간들이 미안하다

잠시 깁스를 한 내 발은 시간이 흐르면
휠체어를 떠나 마음대로 걷겠지만

오늘도 빗나간 목적지에서 휠체어 바퀴를 달래며
절룩이고 있을 당신의 마음
휠체어에 앉아서야 깨닫는다

불편함을 투정하다 당신을 생각한다
당신, 참 많이 힘들겠구나

# 소나기

후두둑,
그리움 하나
불현듯 달려오더니

가슴을 탕탕 치며 하소연한다
온몸으로 분탕질이다

잊었던,
지웠다 억지 부린
그 이름

창가에 매달려
목이 쉬도록
불러댄다

펑펑 유리창에
눈물 쏟고 도망간다

슬그머니
낮달 하나 걸어 놓고

# 화해

달이 지나도록
혼자 떨어진 낙엽으로 뒹굴던 그가
지난밤, 슬며시 손을 뻗는다
나도 모르게 살짝 열리는 몸,
얼굴 붉히는데
그는, 가만가만
배만 자꾸 더듬더니
배 한가운데 흉터를
살살 어루만지고 또 만진다
함께 살면서
몇 번을 겹쳐 썼는지 아득한
한일자 굵은 획의 역사를
말없이 읽고 있는
그를 느끼며
눈물, 뜨거운 몸을 여는 밤

# 허기

도대체 알 수가 없다
하루 종일
스물네 시간 물먹는 하마처럼
쑤셔 넣는데
언제나 위장이 쓰리다

편식과 과식 탓이라는
소문, 뜬금없이 창문을 열어젖히고
밤마다 산발한 머리에 그물을 치는 불면증
달빛도 외면한 방안에 갇혀
신트림만 꺽꺽 올린다

마른기침 연민 속에
꾸역꾸역 넣고 또 넣어
부풀려 보지만
텅 빈 배는 노랗게 질린 위액의 바다를
둥둥 떠다니고

시간의 발목을 붙잡은

나의 시작詩作은
오늘도 허기진 배를 채우려
초조한 하루를 서성인다

# 혀의 뿌리
— 택배 아기

어머니, 상자 속 우리 아기… 좋은 곳으로 보내 주세요.

내 품처럼 꼭 맞는 상자여야 했어요. 지금 내가 품이라고 했나요. 품… 열 달 동안 손발 시렸을 그 집. 그곳은 날마다 고드름이 열리는 이글루였어요. 시도 때도 없는 독설이 유성처럼 날아와 박히면, 영문 모르는 아기는 심장을 끌어안고 더 움츠렸겠지요. 아기가 가슴에 담았을 말들, 아니, 가슴에 담았을까요. 그 송곳 얼음덩어리들을. 오십 센티, 오십 센티라네요. 지상에서 까치발 한번 떼어 보지 못한 키. 하지만 어쩔 수 없었어요. 고시원은 나 혼자 눕기도 좁았거든요. 세상의 숨이 혀로 핥기 전 내가 조그만 입을 막아 버렸어요.

어머니, 사과가 먹고 싶어요. 반짝반짝 빛나는, 혀를 날름대는 탐스러운 사과 한 개. 어머니, 난 왜 이 순간 사과가 그리운 걸까요.

어머니, 몸이 가려워요. 그… 혀…. '너는 결코 죽지 않

44

아.' 날름날름 나를 핥으며 자꾸 사과를 먹으라네요. 내 남자도 줘야겠어요. 그럼 나는 또, 아기를 택배로 보내 야 할지도 몰라요.

이 에덴에 머무는 동안.

# 수면 내시경

속내를 들킨 날 밤새 잠이 오지 않았다
뒤척일 때마다 머리에서 성긴 실들이 스멀스멀 기어
나왔다
그의 눈빛, 한순간 실크로드에 빠져
모래알 세듯 속을 다 드러내 버리다니
그는 나를 어떻게 생각할까
마른 장작 쩍쩍 갈라진 입안으로
한 움큼의 후회와 초조를 벌컥벌컥 들이킨다
두근두근 낯선 언어의 미친 팔딱거림은 절대 사절
그저, 어제 같은 웃음의 낯익은 그가 달려오면 좋겠다

# 폭설

이렇게라도 한 번쯤 지우고 싶었던 거다

묵직한 몸 엎드려
제 맘대로 떠들던 소문 잠재우고 싶었던 거다

지척 이웃과의 불통
생솔가지 위에 내려앉은 묵언에
귀 기울이게 하고

잘난 체하며
제 자리만 고집하던 것들
겸손을 가르치고 싶었던 거다

분수 모르고 설치던 언어들
고해케 하고 싶었던 거다

하얀빛 하나로
존엄한 경계를 긋고 싶었던 거다

# 변비

비움이란 버리는 것이라고
버려야 산다고
입술 꽉 깨물고
온 힘을 다해 맹세하고는
돌아서면 잊어버리고
가득 채우는 삶
버리는 것이 얼마나 어려운지
두 주먹 불끈
체험하는 아침

# 비 오는 날의 벗나무

한 사내의 눈물이 저리 무거운지 처음 알았다
발 디딜 틈 없는 꽉 찬 슬픔

어깨 위에 다닥다닥 매달린 식솔들을 거느리고
고개 숙여 울고 있는 가장의 눈물을 보았다

땅바닥을 뒹구는 배 곯린 새끼들의 떠남을
도무지 견딜 수 없다며 눈물 흘린다

비 오는 날,
고개 숙여 울고 있는 벗나무를 보았다

아버지,
그 많은 식솔… 어떻게 참고 견디셨나요

아버지 쓸쓸히 울고 계신다

# 내 인생의 지우개

그해 여름, 작은오빠는 아이스케키통을 어깨에 메고 시장통을 메뚜기처럼 뛰어다녔다. 한여름의 해는 몇 말인지 모를 펄펄 끓는 볕을 퍼붓고 있었고, 그림자조차 메마른 거리에는 온몸을 검게 태운 전봇대만 긴 다리로 우뚝 서 있었다. 오빠는 한산한 거리에서 목이 쉬도록 아이스케키를 외치며 돌아다녔고.

해지는 저녁 담벼락에 숨어 아이스케키를 먹던 오빠를 보았다. 다 녹기 전에 먹어 없애야 한다고, 엄마가 알면 속상해할 거라며 팔다 남은 아이스케키를 우걱우걱 씹고 있었다. 오빠의 얼굴에는 땀인지 눈물인지 모를 시린 물줄기들이 몇 갈래 길을 만들고 있었고 화가가 꿈인, 오빠가 좋아하는 물감처럼 많은 색색의 색깔들은 입가에 붓칠을 하느라 정신없었다.

집으로 돌아온 오빠는 한주먹도 안 되는 동전을 내밀며 남은 아이스케키를 도매집에 맡겼다고 했다. 엄마는 오빠를 보며 기흥이네 돈을 꼭 갚아야 한다며 한숨을 쉬었다. 그 밤, 오빠는 밤새 변소를 들락거렸다. 설사는 오빠의 내장까지 짜내듯 멈추지 않았고. 오빠는 영원히 아이스케키를 팔 수 없었다. 초등학교 오학년 오빠의 생.

# 목련

무얼 꿈꿨던 걸까
유두가 근질근질 빼꼼히 고개를 들었어
들키지 않으려고 몰래몰래 꼭꼭 싸매었지
우리 동네 수컷들이 흘끔흘끔 볼라치면
부끄러워 하늘만 쳐다봤어
꽁꽁 가려도 마음은 마냥 부풀었나 봐
어느새 야무진 꿈 하나 촛대에 불 밝혔어
팽팽한 젖무덤 터질 듯 아파 올 무렵
순결한 치마폭을 활짝 열었던 거야
하얀 꽃 여자가 되어

# 문밖에서

생生의 반이 겨울이었다

뼈마디까지 옹이가 박히는 삶

목을 움츠린 채
한 번도 꽃을 피우지 못했다

천장 가득
불안이 고드름처럼 매달렸고
정수리가 파들거렸다

내 유일의 일용할 양식,
새벽이 올 때까지
어둠이 가득 찬 술잔을 들이켰다

아침이면 빛이 찾아와
창문을 두드렸지만
팔짱을 낀 자물쇠 눈을 감고 있을 뿐

빛, 그가 두려웠다

날마다 음습한 저수지 갈대처럼
머리카락이 눈먼 뱀으로 기어 다녔다

등 밑에 물이 차오르고
곰팡이가 경계를 만들 무렵
긴 울음 문턱을 넘었고

거기, 문밖
빛이 서 있었다

그분, 꽃등을 밝히셨다

# 인천 56
— 십정동 은행나무


십정동 가로수길 은행나무
누렇게 뜬 얼굴로
참선 중이다

여름내 깨달은
농익은 열매
한 말씀씩 달고서
묵언 수행 중이다

인정 없는 사람들
휘두르는 장대에
후두둑 후두둑
아낌없이
말씀을 내린다

한 자루씩
말씀 받아든 사람들
똥내 풍기며
희희낙락거리고

은행나무,
내일 아침 똥 속에서
빛날 말씀에
미소 짓는다

# 사북 탄광

1
사북을 떠나던 날,
또 볼 수 있겠냐며 까만 바람 달려와 팔을 잡았다
물 다방 미자 마스카라 눈물처럼 비가 내렸고
툭툭 문신을 새기며 잊지 말라 당부했다
목련은 뭉클뭉클 소원처럼 달려
하늘 향해 검은 손을 모았고
벚꽃이 검댕이 묻은 손을 흔들며
잘 가라 휘휘 꽃잎을 뿌려 주었다

2
천 미터 지하 갱도에 목숨 줄 건,
아침을 나서는 도시락의 불안한 눈빛과
달그락 기척으로 저녁을 안도하는 도시락
탄광촌의 하루는 시작과 끝이 밥이다

지열의 불구덩이 속 오가며
하루하루 식구들 얼굴 보는 것이 꿈인
이승의 천국과 지옥, 사북은 잔인했다

막장 검은 하늘에 부릅뜬 별들은
온전한 하루를 애태우며 눈빛을 글썽였다

3
탄광을 떠나온 지 오래
폐광은 아직도 규폐증을 쿨럭이며
검은 울음 꾸역꾸역 토하고 있다

# 보이스피싱

그때 난 늘 추웠어
한 벌밖에 없는 외투를 벗을 수가 없었던 그 시간,

네가 내 안에 꽃물처럼 번졌던 이유는
막 한 모금 입안을 데워 준 자판기 커피 때문일 거야

너의 속삭임, 봄인들 너만 했을까
두근두근 심장이 울었고, 난 너의 살 속으로 빠져들었지

나를 지켜 준다는 그 말, 믿고 싶었어
나는 강가에 홀로 매여 있는 배로 너를 기다렸지

어느 밤, 여관에 홀로 누워
밤새 돌아오지 않는 너를 기다리며
우리 사랑이 끝났음을 알았다

다시는 당하지 않으리라 너를 지우던
내 첫 연애의 흑역사

# 3 부

말뚝

# 밥풀

함께 있어야 빛이 난다
뭉쳐 있어야 끈끈해진다
살을 비벼야 정이 솟는다
어깨동무를 해야 하나가 된다
서로 보고 있어야 위로가 된다

한 그릇의 밥,
그게 가족이다

# 인천 50
— 연안부두 밴댕이회

뱃고동 따라 달아난 그 사랑
파도에 박박 문질러도
지워지지 않거든
부두 옆 밴댕이 횟집에 가라

양푼 한가득
짜고 쓰고 달달했던 연애사
한 움큼씩 뜯어 넣고
초고추장 확 뿌려 싹싹 버무려
얼큰한 눈물 질질 흘리다 보면

큭큭큭
헛웃음이 실실실

밴댕이 소갈머리
그 사랑,
별거 아니다

# 백수 일기

팔월의 이른 아침입니다
검은 안대를 쓰고 휴식을 끝낸 아침 해가
식탁에 앉아 하루의 계획을 짜고 있습니다
봉구네 옥상 텃밭에 부어줄 뜨끈한 햇살 한 바가지와
산동네 과실의 속살을 파고들 햇볕 몇 드럼을 준비하며
하루 일정을 살피고 있군요
싱싱한 아침 이슬을 머리에 인 나무들도 마찬가지입니다
푸른 잎사귀 하나, 하나에 오늘 일과를 꼼꼼히 적고
있습니다
　어제 다녀가지 못한 직박구리에게 팔베개를 해줘야 하고
　오늘은 노인정 어르신들을 위해 더 큰 그늘을 만들어
야 한다네요
　바람은 또 어떻고요?
　아침 일찍 잠이 깬 호기심 많은 바람이 전깃줄에 걸터
앉아
　오늘 할 일을 일일이 훑어 보고 있습니다
　옆 동네 신축 공사장에 가서 바람 좀 솔솔 뿌려 줘야
하고
　아, 오늘은 요 며칠 엉망진창인 하치장에 들러

성질 한번 내야 할 일정도 있군요

조만간 멀리서 태풍 친구들이 온다는 소식이 있네요

한 며칠 조심하라고 전해야 한답니다

그런데…

저는 오늘 하루 뭘 해야 할까요?

# 섣달그믐

우리의 송년은 언제나 비장하다
한 해 마지막 하루의 발목을 잡고
고해에 목멘다

설익은 밥처럼 저 혼자 뒹굴며
제 키만 높였던 나날

풀쐐기 같던 지난 삶들이
한 해 끝자락에서만 떠올려져
묵은 반성으로 몸살을 앓는다

섣달이면 생각나는
따뜻한 입김 어린 낱말들을 품고
겸손히 두 손을 모으지만

단, 하루
오직, 이 하루만
眞실로 짠 참회의 목도리를 두르고
온전한 나로 무릎 꿇을 뿐임을

# 중독

누굴까?
무슨 말이 하고 싶었던 걸까

날 기억했을
그 사람이 궁금해

마음이 어수선한 하루
오늘따라 답장이 쓰고 싶어

빈손에 글씨를 썼다 지웠다
안절부절 돌아와

두고 나온
휴내폰 열어 보니

달랑 스팸 문자 하나
고객님을 반긴다

바짝바짝 목마르던
조바심 속 하루

# 나무의 이력

한때, 넓은 어깨 위 단단한 근육이 빛나는,
머릿결 아름다운 등 푸른 나무였다

새들의 간절한 눈빛과
햇살의 사금 빛 발랄한 노래가
지워지지 않는, 전설

그 골짜기, 맑은 물가를 기억한다
한 번도 발이 시린 적 없는
내 영혼을 씻어 주던 곳

많은 날의 그림자가 내 곁을 다녀갔고
산 너머를 향해 점점 키를 높이던 어느 날,

바람이 달려와 허리를 감고
긴 혀를 날름대며 나지막이 속삭였다

내 생애 긴 날의 여정은 그렇게 시작되었고
세상 한가운데 내가 있었다

푸른 이야기들, 이렇게 저물어 갔다
이쑤시개라고 업신여기지 마라
한때는 등 푸른 나무였다

# 연어

제가 어디서 왔음을,
세상에서의 사명 감내하고
돌아가는 그 길
먼 기억 속의 강 저 높은 곳을 향한 걸음
피 묻은 살점 비늘로 엮은 짚신이 다 닳아도
너덜너덜 하얀 뼈마디 영혼 누일 그곳
마지막 제 갈 곳 본향을 찾는 강인한 생명을 본다

늘 바람난 세상 유혹에 고개 저으며
두 손 모아 하늘을 우러르고
깨끗한 물로 씻고 또 닦고 헹궈 내지만
찌든 속 때 한 번도 벗긴 적 없는,
간구만 할 뿐 들려오는 소리 귀 기울이지 않아
한 번 두 번 세 번만이 아닌 천 번 만 번 부인하며
하루를 살고
스스로 제 키만 높인 채
이 땅의 우물 살로메 품속에 젖어
영원한 생수의 강을 향해 거슬러 가지 못하는
부끄러운 이 목숨줄

저만치 등짐을 벗은
연어가 웃는다

등에 돋은 새살
반짝인다

# 말뚝

옆집 청년이 드디어
말뚝을 박았다

어쩌다 마주치면
큰 죄라도 지은 양
푹 숙인 머리가
무거워 보였는데

오늘은 어깨에 다림질하고
고개에 풀을 잔뜩 먹였다

말뚝을 박기 위해
어색한 정장으로
이리저리 뛰어다니더니

말뚝 증명서를 목에 걸고
환한 웃음과 함께
인사를 한다

양복 윗옷 사이로
당당한 사원 신분증
위엄을 빛내는데

청년, 평생 직장 말뚝
더 단단히 박아야 한다며
방금 일어난 새벽을 뛰어간다

말뚝 박기 위해
달리는 청춘들
오늘도 대한민국 청년들은

말뚝 박을 곳을 찾아
도시를 헤맨다

# 도시의 뻐꾸기

뻐꾹 뻐꾹
처음부터 알을 낳을 생각이 없었다고요

그래도 한번 믿어 보라는 걱정 말라는 그 말
설계도를 수없이 지우며 긴긴 밤을 뒤척였어요

불 꺼진 산부인과 앞을 서성이다 결국, 난산을 했습니다

뻐꾹 뻐꾹
뻐꾸기는 피도 눈물도 없는 얌체라고요?

아시나요?
종일 일터에서 퉁퉁 불은 불안을 짜내는 어미의 마음

둥지 밖으로 내동댕이쳐진 것은 아닐까?
유통 기한 지난 먹이를 주는 건 아닐까?

가슴이 벌렁벌렁

오늘도 하루를 퇴근한 도시의 뻐꾸기는
쳐진 날개 팔락이며 유아원을 향해 날아갑니다

# 왕벚나무

꽃봉오리 입술을 뾰족이 내밀던 날
나무는 가슴이 떨렸다
옹알이 여물어 고개 꼿꼿이 세우던 날
나무는 가슴이 벅찼다
꽃잎이 주먹웃음 펑펑 터뜨리던 날
나무는 가슴이 기뻤다
활짝 핀 꽃들, 저 혼자 컸다고 재잘재잘 떠들어도
나무는 가슴이 흐뭇했다
꽃잎이 바람의 손을 잡고 하나둘 떠나던 날
나무는 가슴으로 눈물을 삼켰다

대문 옆 시름시름 왕벚나무 한 그루
마당 한가득 하얗게 유언 써 놓고
일흔 살 생애 접어 먼 길 차비를 하고 있다

딸들아, 잘 살 거래이 꽃잎 글씨 휘날린다

# 고리의 힘

친한 사람끼리는 고리가 있다. 고리의 힘은 대단하다. 잘만 연결되면 안 되는 게 없다. 청년 백수가 넘쳐나는 시대, 취업은 일도 아니다. 국회의원 아들, 딸이 기업에 들어가는 것은 식은 죽 먹기고 우리 동네 부녀회장 딸도 비정규직이지만 빵집 사장과의 고리로 뽑혔다. 고리의 힘은 어린애들이 사는 세상에도 존재한다. 초등학교 저학년인 옆집 아이는 길 건너 대형 아파트에 사는 친구 생일잔치에 초대받은 것을 큰 자랑으로 여긴다. 임대 아파트 아이들은 감히 넘볼 수 없는 그 아파트 놀이터를 갈 수 있기 때문이다. 반장 아이와 부자 아이를 이어준 고리의 힘. 내가 이 시간, 고리의 힘에 대해 역설하는 이유는 조간신문에 소개되는 '시가 좋은 아침'란의 시를 읽으면서다. 시를 읽다 보면 가끔은 배알이 틀릴 때가 있다. 특히 유명 시인인데 시기 무진장 싱겁다거나 무명에 시까지 이 맛도 저 맛도 아닌 작품을 그럴듯한 해석을 붙여 소개한 것을 볼 때면 더욱 심사가 뒤틀리는 거다. 이들에게 썩 좋은 고리가 없었다면 과연 신문에 명함을 내밀 수 있었을까. 이것이 다 고리의 힘 때문이라고 우기는 이유는 시를 쓴 지 이십 년, 난 아직도 고리가 없어 매일 술·푸·고 있기 때문이다.

# 붙박이 사랑

열심히 일한 날이면
당신 생각 간절해
가끔 아랫도리에 감자알이 묵직하게 열릴 때가 있지
온몸이 근질근질 참을 수 없어

피곤에 지쳐 문을 열고 들어서면
수줍은 듯 고개 숙여 눈길 피하는 당신
같이 산 게 얼만데… 사 · 랑 · 스 · 럽 · 다

눈을 내리깔고
적당한 리듬에 맞춰
온몸을 부드럽게 핥아줄 때면
나, 어떡해…
열꽃이 복사꽃으로 피어나고

격렬한 시간이 불러온 우리 사랑의 징표
후끈후끈 뽀얀 김이 몸을 감싸도

여전히 수줍어 시선을 피하는

내 사랑 붙박이
샤 · 워 · 기

# 연분홍 립스틱에 홀리다

아직 외투도 못 벗었는데
그렇게 겨를 없이 입술을 내밀면 어떡해

불쑥 내민 여린 젖가슴
단추 풀기 두렵다

밤새 나를 향한 연서
손톱이 붉게 물들었구나

환장할, 그 미소
오늘, 네 허리를 감고 싶다

세상은 온통 너의 자근자근 입맞춤에
정신을 못 차린다

연분홍 립스틱 봄아

# 어머니의 반짇고리

어머니는 평생 바느질을 하셨다. 눈꺼풀 내려앉는 등 잔불을 달래며 어디선가 떠돌 아버지의 역마살을 깁고, 대처 공장으로 떠난 소식 없는 큰아들의 그림자를 깁고 젖가슴 여물 새도 없이, 박 영감 재취로 보낸 작은딸의 눈물을 기웠다

옆구리가 파이고 살점 떨어지는, 육십 년 세월의 집을 누덕누덕 꿰매며 한 조각 한 조각 이어간 어지러운 어머니 생의 보자기

따끔따끔 눈물 거두라 이르던, 허리 부러진 바늘만이 어머니 반짇고리를 지키고 있다

# 소금구이

　열아홉 학창 시절이었지. 가난한 뱃속이 쇠라도 씹을 듯, 불만으로 그르렁대던 때. 얼굴엔 하얀 안개꽃 버짐과 개나리 노란 꽃망울 여드름이 지천이었지.

　세무서로 실습을 갔어. 담당이 점심에 소금구이를 먹으러 가자잖아? 세상에, 소금을 구워 먹겠다고? 쌀 대신 들어앉아 있던 우리 집 소금 항아리, 지긋지긋한 소금보다 더 짠 삶이란.

　소금구이를 먹겠다며 앞치마를 두른 남자들 모습 흐흐. 숯불이 벌건 이마를 펄펄 들이대자 불판이 단내를 확확 풍겼어. 불판 위에 소…금을 얹었어. 시뻘건 소…금…고…기…가 지글지글 끓었고.

　열아홉 생애, 가장 배부르던 날. 몇 근인지 모를 소금이 뱃속에 그득하던 그때.

# 4부

수신인

# 단풍 1

꼭

한번

말하고 싶었다고

펄펄 끓는

이마 들이대며

가슴 열어젖힌다

사랑한다

각혈한다

너에게

# 단풍 2

백양사 계곡 아래
술 한 잔 걸친
불그레한 노년들
무리 지어 춤을 춘다
울긋불긋 등산복 입고
작은 바람에 날아갈 듯
가벼운 몸 흔들며
들썩들썩 춤을 춘다
무슨 여한 있겠냐며
검버섯 붉게 핀 얼굴로
하늘 보고 땅 보며
허허실실 웃는다
함께 갈 길동무
어깨 두드리며
떠날 일만 남았다며
비틀비틀 춤을 춘다

# 그 손

톱밥 가득
보푸라기 인 손
세월 그림자 공이 박힌
깊은 손

툭툭 불거진 핏줄 따라가면
질퍽한 진창길 끝에 우물 하나가 있다

두레박 한가득 퍼 올리고 또 퍼 올려도
마르지 않는, 한 생이 고인 깊은 샘

우기雨期의 장맛비처럼
콸콸 쏟아내고 싶은 이야기들 담겨 있다

태초에 나를 위해 만들어진
생의 문신
공이 박힌 젖은 손

어머니,
그 손

# 로드킬Road Kill

벌써 몇 번째의 죽음을 생산하는지 모른다. 어디, 거리에 나가 목숨을 잃는 것이 한두 번인가. 집을 나서기만 하면 이리저리 차이다가 이력 한번 발설 못 하고 납작 엎드려 생을 마감한다. 번번이 죽음을 묵인하며 사지로 내 모는 잔인함을 탓하는 이도 있지만, 고집인가 비틀림인가를 묻는다면 집념이다. 단 한 생명이라도 세상에 우뚝 서길 바라며 헬멧과 군화로 완전 무장 해 보지만, 아무도 이 죽음들에 대한 관심은커녕 사망 통지서 한 번 받아 본 적 없다.

이름도 없이 사라지는 시작詩作들. 나는 오늘도 거룩한 나의 분신들을 거리로 내몰며 슬픈 산고를 겪는다.

# 가뭄

지독한 목마름이다
쩍쩍 갈라져 먼지만 풀석인다
해갈을 위해 머리를 쥐어짜도
밤새워 고민해도 대책이 서지 않는다
비축해 둔 창고도 텅텅 비었다
풍작은 아니지만
그런대로 아쉬움은 없었는데
오늘도 창고 문이 닳도록
이리 뒤적 저리 뒤적
쓸 만한 시어詩語를 줍고 있다

시詩 창고에 가뭄이 들었다

# 색色

뜨거운 조명 아래
붉은 드레스 빨간 입술 그녀들
옹기종기 모여 있네
턱을 괸 여자
머리를 만지작거리는 여자
거울을 보는 여자
껌을 씹는 여자
앞태 뒤태 살피며
속닥속닥
가끔은 까르르 뒤로 넘어가고
사내가 어슬렁거리면
모두 요염한 눈빛 쏟으며
핏발 선 눈으로 서로를 경계하고
사내의 팔짱에 매달려 하나, 둘
사라지는 여자들

어느 밤, 한 여자가 울고 있는 것을 보았네
부러질 듯 모가지 바람에 흔들며
비를 맞고 울고 있네

능소화, 그 여자

# K의 삶

머리 푼 안개 음산하던 날
하얀 수의를 입은
K의 부고가 휘적휘적 걸어왔다

허세가 일상이었던,
그가 마지막 내민 진실은
멍든 우체국 소인이었다

허풍으로 부푼 옷 걸치고
누렇게 뜬 빈손 요란하게 흔들며

꼭 한번
아름답고 멋진 생, 활활 태울 거라고
목소리를 높이던 K

생애, 가장 큰 불꽃으로
벽제화장장
불 속에서 온몸을 태우고 있다

영정 속의 K,
하얀 국화꽃 한껏 치장하고

활짝 웃고 있다

# 수신인

그분에게 편지를 씁니다
색색의 생각들이 꽃잎처럼 날리고
한 송이 꽃을 올립니다

나의 유일한 수신인이
편지를 읽었는지 알 수가 없습니다
확신이 없기에
마음이 갈대로 키를 높여 서성입니다

나는 수신인을 본 적이 없습니다
마지막 라면을 끓여 먹던 날
냄비 받침 책에 쓰인 그분 이야기가
라면 국물보다 뜨겁게 다가와 알게 된 것뿐

요즘 우리 집 굴뚝은
거미줄 그물이 출렁이고
기다림이 먼지처럼 켜켜이 쌓입니다

발신을 멈출까

서걱대는 나뭇잎처럼 흔들리지만
그분을 생각하면 눈물이 납니다

이 새벽 두 손 모아 편지를 또 씁니다

지금, 왜 이렇게 마음이 뜨거워지고
눈물이 나는 걸까요
그분, 제 편지 읽으셨나 봅니다

오늘은 우편함을 활짝 열어 놓아야겠습니다

# 츕파츕스*

혀끝에 안기는 모습이 예사롭지 않다
거기에 달콤한 속삭임까지
허리를 비틀며
속살을 내주는 요염함
전신을 더듬고
자근자근 깨물어도
눈 한번 흘기지 않는다
일편단심
당신뿐이라며
온몸 바쳐
사랑을 고백한다

* 사탕 이름. 사탕에 막대가 달렸음.

# 변기통

나, 네 앞에선 왜 이리 당당한지
한 번도 다정한 눈빛 준 적 없다
너 없는 삶은 생각하기 싫다고
너 없인 안 된다고 솔직한 적 없다
볼 것 못 볼 것 다 보여준,
세끼 먹은 반찬까지
시시콜콜 말하는 사이면서
죽는 날까지 함께하자 말한 적 없다
내 곁에 있는 것이 너의 운명이라 못 박고
너를 은밀히 탐하며 욕구를 해결했다
너에게 온갖 추한 짓은 다 하면서
한 번도 미안하다 말한 적 없다
한 번도 고맙다 말한 적 없다
더럽다고 찡그렸던 너를 보며
묵묵히 내 곁에 있어 준 것들을
이제야 돌아보는 오늘이다

# 누룽지

삶이 누룽지 같을 때가 있다

이제 막다른 길이라며
솥을 껴안고 바짝 눌러 붙어
떼를 쓰는 누룽지 같은

으르고 달래고
속을 박박 긁어 봐도
제 말이 옳다 우기는

홧김에 푸념 가득 물 한 바가지
확 끼얹으면

눈물 퉁퉁 반성하며
마음 풀고 일어서는

때로는 모진 삶이 미워
등짝 한번 갈기고 싶지만

돌이켜 보면
구수한 날이 더 많았던 게 삶이다

# 팽목항

1
어머니가 바다를 본다
까칠한 바람이 머리를 뜯고 온몸에 손톱자국을 남겨도
바다를 걸어오는 낯익은 발자국 소리를 들으려 온 힘
을 다해 귀를 연다
굽은 등이 점점 깊은 바다를 안는다

아버지가 바다를 본다
가는 허리 휘청대는 가랑비가 열여덟 해 보듬던 아이
눈물인 양 온몸을 맡긴 채
갈라진 입술 사이로 담배 연기가 한숨을 쉰다
연기와 함께 소리 없는 울음이 바다로 풍덩 뛰어든다

2
수백 개의 푸른 날개가 꺾이던 날,
바다가 돌아눕던 그날
거리는 온통
무능한 한숨과 눈물이 세월만 잡아먹고
성난 맹골수도는 너의 허리 감은 손을 풀지 않았다

팽목항을 바라보며
손톱 밑이 까맣도록 바다를 긁었을 아이야,
한 뼘이면 닿는
그 바다는 끝내 너를 돌려보내지 않았다


3
어머니가 바다를 본다
아버지가 바다를 본다

노란 리본이 파닥파닥 날갯짓을 멈추지 않는다

# 낙엽

간밤에 낙엽 하나
툭 떨어졌다
푸르른 모습 엊그제 같은데
잠든 사이 기별도 없이
몰래 떨어졌다
바람이라도
잠시 두드려
떠난다는 말이나 해주지
내 친구,
그렇게 말없이 갔다

# 그녀

그녀와의 입맞춤은 나를 항상 달뜨게 한다
다소곳이 눈을 내리깔고 내 입술을 받을 때의 모습이란
담백한 듯 조용하지만 정열적인 그녀의 혀
내 입술에 다가와 살풋살풋 혀를 감는
아, 그녀의 향기!
하루에도 몇 번씩 음심으로 찡긋 다가가면
그녀는 한결같은 부드러운 혀를 깊숙이 밀어 넣는다
가끔 몸이 달아오른 그녀 혀는 화염 방사기
화끈화끈 얼얼한 혀로 쩔쩔매는 나를 보고
무슨 일이 있었냐는 듯
새치름히 눈을 내리깔고 앉아 있다
내가 부르면 언제든지 달려와
살포시 입술을 내미는
그녀 이름 녹 · 차

해설

# 관찰과 비유, 세밀한 언어 운용으로 빚은 깊은 울림

권　온(문학평론가)

### 1.

　정경해는 그동안 다수의 시집과 창작동화집 그리고 산문집 등을 지속적으로 펴내면서 자신의 문학적 역량을 심화시키고 있는 중견 시인이다. 59편의 시가 수록된 정경해의 시집『술항아리』를 찬찬히 읽다 보면, 시가 우리의 일상과 동떨어진 별세계를 노래하는 예술이 아님을 잘 알게 된다. 그녀에 따르면 시인에게는 비근한 삶의 세부에 주목하고 이를 시의 영역으로 길어 올리는 역할이 부여된다. 이 글은 소박하면서도 울림이 있는 정경해의 시 세계를 구체적인 작품 속에서 확인하는 참된 계기가 될 것이다.

누가 제 살이라도 스치면 참을 수 없다는 듯
비죽비죽 날 세워 불편한 심기 드러낸 철근으로
도무지 퍼줄 생각 없는, 모래알처럼 쌓인 욕심
제 맘대로 안 된다고 툭하면
모래바람 일으켜 남의 눈에 눈물 나게 하고
언제나 한 곳에 웅크려 꼼짝 않는 고집 센 벽돌로
눈치 보며 비켜가는 사람 발끝 물어야 직성 풀리는
모르고 밟은 것조차 절대 용서할 수 없다며
발끈발끈 못으로 모질게 찌르고야 마는 소갈머리
사람이면서 사람이 아닌 나를 공사합니다

공사 중, 불편을 드려 대단히 죄송합니다

추신:
이 공사는 언제 끝날는지 알 수가 없습니다
평생 공사 중일 수도 있으니 부디 양해 바랍니다
　　　　　　　—「공사 중, 불편을 드려 죄송합니다」 전문

　우리에게 이 시의 2연이기도 한 "공사 중, 불편을 드려
대단히 죄송합니다"라는 문구는 그리 낯선 것이 아니다.
시인은 길거리를 지나다 보면 누구나 심심찮게 마주하
게 되는 문구에 주목한다. 정경해에게는 섬세한 '관찰'을
유의미한 '인식'으로 전환하는 힘이 충만하다. 어떤 이에

게는 무의미한 지나침의 대상이 되었을 구절이 시인의
눈길이 닿으니 새로운 의미로 태어나는 것이다.

　이 작품의 화자인 '나'는 스스로를 반성한다. '나'는 누
군가에게 '불편'을 주며 살아왔음을, '욕심'이나 '소갈머
리'를 휘두르면서 '사람이면서 사람이 아닌 나'에 이르렀
음을 고백한다. "나를 공사합니다"라는 표현은 그 자체
로 상당한 참신성이 돋보인다. 이 시의 개성은 3연에서
빛을 발한다. 시인은 '추신'이라는 형식을 도입함으로써
독자의 관심과 호기심을 유도한다. 특히 '공사'의 끝을
알 수 없다는 표현 곧 '평생 공사'의 가능성을 내비침으
로써 자기반성의 치열함을 암시한다. 이 시는 실험적인
스타일이 새로운 의미와 견고하게 맞물리는 수작秀作이
아닐 수 없다.

> 길거리 좌판에서 우연히 마주친 옷
> 편안한 웃음이 좋아 보여 냉큼 들고 와서는
> 지퍼가 뻑뻑하다고
> 싸구려라 별수 없다고
> 처박아 두었는데
> 시간이 흐른 뒤
> 옷장 구석에 등 구부려 서 있기에
> 무심히 들어 지퍼를 내리니
> 부드러운 미소로 스르륵 마음을 연다
> 신분 없는 옷이라고

촌스럽다는 이유 하나로
보기 싫다 꽁꽁 처박았던 옷
묵은 옷을 입으며
예전의 누군가를 떠올린다
마음을 열지 않는다고
내가 먼저 돌아섰던,
나 때문이란 생각 못 한 채
떠난 그만 탓했다
기다려 주었다면
그도 분명 마음을 열었을 텐데
자존심이 뭐라고
손을 놓아 버렸다
속을 드러내며 나를 품으려는
이 옷이 이렇게 예뻤다니
내가 떠나보낸 그도
이 옷처럼 나와 잘 어울렸을 거다
— 「떠난 것들에 대하여」 전문

삶을 이별과 만남의 연속으로 규정하는 일도 가능할 것이다. 시인은 이 시에서 '떠난 것들'을 이야기한다. 회 나 '나'를 떠난 것들로는 '옷'과 같은 사물도 있고 '누군가' 또는 '그'로 지칭할 수 있는 사람도 있다. 길거리 좌판에 서 구입한 옷의 뻑뻑하기만 했던 지퍼가 어느 날 갑자기 스르르 열리는 순간, 특별한 '체험'은 새로운 '사유'를 가 능케 한다. '나'는 '자존심'이라는 이유로 떠나보낸 '누군

가'를 떠올리며 후회에 가까운 각성에 다다른다. 정경해
시인은 모든 진정한 인식은 사후事後에 도착한다는 사실
을 알려주는 것이다.

대낮, 우리 집에 둥근 달이 떴다
환하게 솟아올라
거실을 비추며 두둥실 떠 있다

삼백육십오일 종일 떠올라
웃음으로 집안 구석구석 비추는
고마운 달

오늘은
드르렁 드르렁 콧노래를 부르며
배꼽까지 드러내어 환히 비춘다

둥글둥글
뱃살 출렁이는 무던한 달
세상 모르고 코를 곤다

달을 보고 킥킥 웃는 아이들

이놈들아,
저기가 니놈들 고향이다!

둥글둥글 복스러운 배가
참 예쁜 달

아내가 낮잠을 잔다

                ─「달을 보며 웃다」 전문

"대낮, 우리 집에 둥근 달이 떴다"라는 이 시의 1연 1행은 독자의 궁금증과 호기심을 자극한다는 점에서 성공적이다. 시인은 이 작품에서 '둥글둥글한 아내의 배'를 '둥근 달'로 치환하여 시상詩想을 전개하는데, 이러한 작업의 근저根柢에는 섬세한 관찰력이 자리 잡고 있다. 정경해의 시 「달을 보며 웃다」는 어렵고 난해한 표현이나 인위적인 조작이 없어도 시가 될 수 있음을 입증하는 사례이다. 관찰의 힘과 발상의 전환이 결합하여 유쾌한 작품이라는 결과물로 탄생한 것이다.

달이 지나도록
혼자 떨어진 낙엽으로 뒹굴던 그가
지난밤, 슬며시 손을 뻗는다
나도 모르게 살짝 열리는 몸,
얼굴 붉히는데
그는, 가만가만
배만 자꾸 더듬더니
배 한가운데 흉터를
살살 어루만지고 또 만진다

함께 살면서
몇 번을 겹쳐 썼는지 아득한
한일자 굵은 획의 역사를
말없이 읽고 있는
그를 느끼며
눈물, 뜨거운 몸을 여는 밤

─「화해」전문

이 시는 화자 '나'와 상대방인 '그'가 연주하는 사랑의 이중주二重奏이다. '나'는 '아내'이고 '그'는 '남편'이다. '그'를 가리키는 '혼자 떨어진 낙엽'이나 '부부'의 교합交合을 일컫는 '한 일자 굵은 획의 역사' 등은 시가 무엇보다도 비유의 언어임을 입증하는 경우이다. '화해'라는 제목을 단 이 작품은 "부부 싸움은 칼로 물 베기"라는 속담에 적확하게 부합한다. 무엇보다도 눈여겨볼 대목으로는 3회에 걸쳐 출현하는 '반점半點' 또는 '콤마comma'이다. 호흡을 가다듬고 시상의 국면을 전환하는 기능을 담당하는 '콤마'의 적절한 활용은 독자의 가슴에 스타일리스트로서의 시인 정경해를 돌올하게 각인한다.

한 사내의 눈물이 저리 무거운지 처음 알았다
발 디딜 틈 없는 꽉 찬 슬픔

어깨 위에 다닥다닥 매달린 식솔들을 거느리고
고개 숙여 울고 있는 가장의 눈물을 보았다

땅바닥을 뒹구는 배 곯린 새끼들의 떠남을
도무지 견딜 수 없다며 눈물 흘린다

비 오는 날,
고개 숙여 울고 있는 벚나무를 보았다

아버지,
그 많은 식솔… 어떻게 참고 견디셨나요

아버지 쓸쓸히 울고 계신다
　　　　　　　　　—「비 오는 날의 벚나무」전문

　정경해는 이번에도 뛰어난 관찰력을 심오한 시적 인식
으로 전환하는 역량을 마음껏 뽐낸다. 이 시의 제목이기
도 한 '비 오는 날의 벚나무'는 '사내'이자 '가장家長'이고
'아버지'의 시련을 암시한다. 비를 맞은 벚나무의 주변에
이리저리 흩어진 벚꽃들은 아내와 자식들이다. '식솔들'
또는 '새끼들'은 아버지의 어깨를 짓누른다. 벚나무를 흠
뻑 적시는 비는 '사내'의 '눈물'이 되고 아버지의 '발 디딜
틈 없는 꽉 찬 슬픔'이 된다. 아내와 자식들을 생각하며
눈물과 슬픔을 인내라는 이름으로 견뎌내었을 아버지를
추억하는 시가 바로 이 작품이다.

　무얼 꿈꿨던 걸까

유두가 근질근질 빼꼼히 고개를 들었어
들키지 않으려고 몰래몰래 꼭꼭 싸매었지
우리 동네 수컷들이 흘끔흘끔 볼라치면
부끄러워 하늘만 쳐다봤어
꽁꽁 가려도 마음은 마냥 부풀었나 봐
어느새 야무진 꿈 하나 촛대에 불 밝혔어
팽팽한 젖무덤 터질 듯 아파 올 무렵
순결한 치마폭을 활짝 열었던 거야
하얀 꽃 여자가 되어

—「목련」전문

　　시집 『술항아리』에는 의인법擬人法 또는 활유법活喩法이라
부를 만한 시적 기법이 자주 출현한다. 섬세한 관찰력으
로 '식물'의 본성을 간파한 후, 이를 '인간'에 접목한 이른
바 '식물—인간'의 구도가 탁월하다. 시인은 이 시에서
'목련'이라는 식물을 '여자'에 비유한다. '유두'나 '젖무덤'
또는 '치마폭' 등의 어휘가 조성하는 감각적인 세계는 독
자의 상상력을 활발하게 자극하는 기능을 담당한다는
점에서 유의미하다.

꽃봉오리 입술을 뾰족이 내밀던 날
나무는 가슴이 떨렸다
옹알이 여물어 고개 꼿꼿이 세우던 날
나무는 가슴이 벅찼다
꽃잎이 주먹웃음 펑펑 티뜨리던 날

나무는 가슴이 기뻤다
활짝 핀 꽃들, 저 혼자 컸다고 재잘재잘 떠들어도
나무는 가슴이 흐뭇했다
꽃잎이 바람의 손을 잡고 하나둘 떠나던 날
나무는 가슴으로 눈물을 삼켰다

대문 옆 시름시름 왕벚나무 한 그루
마당 한가득 하얗게 유언 써 놓고
일흔 살 생애 접어 먼 길 차비를 하고 있다

딸들아, 잘 살 거래이 꽃잎 글씨 휘날린다
　　　　　　　　　　　　　　　—「왕벚나무」 전문

　　앞서 살핀 「비 오는 날의 벚나무」가 '아버지'를 다룬 시
편이었다면, 이번에 고찰할 시 「왕벚나무」는 '어머니'를
향한 작품이다. 정경해는 동일한 사물인 '벚나무'를 관찰
하면서도 관점과 상황에 따라서 자유롭게 시상을 전환
할 수 있는 유연성을 갖고 있는 셈이다. 이 시에서 '왕벚
나무'는 '어머니' 또는 '엄마'를 가리키고, '꽃봉오리'나
'꽃잎' 같은 '꽃' 관련 표현은 '딸들'을 의미한다. '꽃'의 탄
생과 성장을 바라보면서 '왕벚나무'의 가슴은 떨리고, 벅
차고, 기뻤다. 때로는 눈물을 삼킨 적도 있지만, 흐뭇한
경우도 있었다. 이 시에서 가장 중요한 어휘는 '유언' 또
는 '일흔 살 생애'일 것이다. 그러므로 우리는 이 시를 읽
으며 엄마의 인생을 되돌아볼 수 있는 소중한 순간을 얻

는다.

　　친한 사람끼리는 고리가 있다. 고리의 힘은 대단하다. 잘만 연결되면 안 되는 게 없다. 청년 백수가 넘쳐나는 시대, 취업은 일도 아니다. 국회의원 아들, 딸이 기업에 들어가는 것은 식은 죽 먹기고 우리 동네 부녀회장 딸도 비정규직이지만 빵집 사장과의 고리로 뽑혔다. 고리의 힘은 어린애들이 사는 세상에도 존재한다. 초등학교 저학년인 옆집 아이는 길 건너 대형 아파트에 사는 친구 생일잔치에 초대받은 것을 큰 자랑으로 여긴다. 임대 아파트 아이들은 감히 넘볼 수 없는 그 아파트 놀이터를 갈 수 있기 때문이다. 반장 아이와 부자 아이를 이어준 고리의 힘. 내가 이 시간, 고리의 힘에 대해 역설하는 이유는 조간신문에 소개되는 '시가 좋은 아침'란의 시를 읽으면서다. 시를 읽다 보면 가끔은 배알이 틀릴 때가 있다. 특히 유명 시인인데 시가 무진장 싱겁다거나 무명에 시까지 이 맛도 저 맛도 아닌 작품을 그럴듯한 해석을 붙여 소개한 것을 볼 때면 더욱 심사가 뒤틀리는 거다. 이들에게 썩 좋은 고리가 없었다면 과연 신문에 명함을 내밀 수 있었을까. 이것이 다 고리의 힘 때문이라고 우기는 이유는 시를 쓴 지 이십 년, 난 아직도 고리가 없어 매일 술·푸·고 있기 때문이다.

―「고리의 힘」 전문

　　정경해 시의 장점 중 하나는 그것의 솔직한 성격과 무관하지 않다. 시인은 이 시에서 '고리의 힘'을 이야기한다. 여기에서 말하는 '고리'는 어떤 특정한 집단 또는 사회에서 통용되는 연대連帶나 유대紐帶를 뜻한다. '고리'에 속하는 이들에게는 한없이 든든한 배경으로 작용할 테지만, '고리'에 속하지 못한 이들은 극심한 소외감을 느낄 수 있는 것도 사실이다.

　정경해는 이 자리에서 우리 사회에 만연한 '고리' 또는 '끈'의 힘을 직설적으로 비판한다. "고리의 힘은 어린애들이 사는 세상에도 존재한다."는 그녀의 발언은 충격적이기까지 하다. 시인은 특히 정실情實에 얽매인 한국 시단詩壇을 매섭게 몰아붙인다. 흥미로운 점은 시인의 시가 '고리의 힘'을 뛰어넘는 견고한 시 세계에 도달하고 있다는 사실이다. 결론적으로 이 시는 유쾌하고 상쾌하며 통쾌한 작품이라 말할 수 있겠다.

　　　뜨거운 조명 아래
　　　붉은 드레스 빨간 입술 그녀들
　　　옹기종기 모여 있네
　　　턱을 괸 여자
　　　머리를 만지작거리는 여자
　　　거울을 보는 여자
　　　껌을 씹는 여자
　　　앞태 뒤태 살피며
　　　속닥속닥
　　　가끔은 까르르 뒤로 넘어가고

사내가 어슬렁거리면
모두 요염한 눈빛 쏟으며
핏발 선 눈으로 서로를 경계하고
사내의 팔짱에 매달려 하나, 둘
사라지는 여자들

어느 밤, 한 여자가 울고 있는 것을 보았네
부러질 듯 모가지 바람에 흔들며
비를 맞고 울고 있네

능소화, 그 여자

—「색色」 전문

    이 시는 '식물'을 '인간'에 비유하는 작품일 수 있다. 어
쩌면 '식물'과 '인간'의 남다른 공통점을 포착하는 일이
시인의 주안점이었을지도 모른다. 이 작품에서 무엇보
다도 중요한 것은 다양한 '여자' 또는 '그녀들'이다. '뜨거
운 조명'과 '붉은 드레스' 그리고 '빨간 입술'이 가리키는
길의 끝에는 홍등가紅燈街가 위치한다. 정경해는 이 시에
서 유곽遊廓의 여인들을 사실적이면서도 감각적으로 형상
화한다. 또한 화려함 뒤에 감춰진 그네들의 울음과 슬픔
을 암시하고 이를 '능소화'라는 식물로 치환한다. 따라서
이 시의 제목인 '색色'은 식물의 '색'이자 '여자'의 색을 아
우르는 절묘한 선택이 된다.

혀끝에 안기는 모습이 예사롭지 않다
거기에 달콤한 속삭임까지
허리를 비틀며
속살을 내주는 요염함
전신을 더듬고
자근자근 깨물어도
눈 한번 흘기지 않는다
일편단심
당신뿐이라며
온몸 바쳐
사랑을 고백한다

— 「츄파춥스」 전문

아이 어른 여자 남자 할 것 없이 좋아하는 사탕을 다루는 시이다. '츄파춥스'라는 사탕 곧 사물의 특성을 적확하게 포착하여 이를 인간의 몸에 비유한 점이 이 작품의 핵심이다. "허리를 비틀며/ 속살을 내주는 요염함/ 전신을 더듬고/ 자근자근 깨물어도/ 눈 한번 흘기지 않는다"라는 일련의 진술은 남녀의 교접交接을 연상시키기에 부족함이 없다. 정경해의 표현력은 놀라운 경지에 도착했다. 그녀는 비유가 현대시의 핵심임을 확실하게 알고 있는 시인인 것이다.

삶이 누룽지 같을 때가 있다

이제 막다른 길이라며
솥을 껴안고 바짝 눌러 붙어
떼를 쓰는 누룽지 같은

으르고 달래고
속을 박박 긁어 봐도
제 말이 옳다 우기는

홧김에 푸념 가득 물 한 바가지
확 끼얹으면

눈물 퉁퉁 반성하며
마음 풀고 일어서는

때로는 모진 삶이 미워
등짝 한번 갈기고 싶지만

돌이켜 보면
구수한 날이 더 많았던 게 삶이다

——「누룽지」 전문


    우리는 정경해의 시를 읽으며 일상의 언어가 시의 언어로 몸 바꾸는 소중한 순간을 목도한다. 시인은 이 시에서 '삶'을 이야기한다. 그것은 단순한 이야기가 아니라 회상이자 회고이며, 회억이자 추억이다. 독자는 '삶'이라는 추상적이면서 관념적인 대상을 대하는 정경해의 태도에 주목해야 한다. 그녀는 '삶'을 '누룽지'라는 구체적이면서 실재적인 대상으로 변환시킨다. 정경해는 시의 언어가 개성적이고 구체적인 말이어야 한다는 고전적인 전제에 동의하고 있다. 우리는 이 대목에서 자연스레 유추할 수 있겠다. 삶을 대하는 태도 역시 구체적이면서 적극적이어야 한다는 자명한 사실을. "구수한 날이 더 많았던 게 삶이다"라는 시인의 언급이 이를 입증한다.

## 3.

이 시집은 정경해의 시집 『술항아리』에서 시인의 개성을 돌올하게 드러낼 수 있다고 판단되는 11편의 시를 엄선하여 고찰하였다. 정경해는 시가 우리의 일상과 동떨어진 별세계를 노래하는 예술이 아님을 잘 알려주었다. 시인은 비근한 삶의 세부에 주목하고 이를 시의 영역으로 길어 올리는 역할을 적극적으로 수행하였다. 정경해가 시 「술항아리」에서 돌아간 아버지의 술항아리에 주목한 것도 이러한 자각 때문이었을 것이다.

시인은 실험적인 스타일과 새로운 의미를 견고하게 결합했다. 또한 그녀는 모든 진정한 인식은 사후事後에 도착한다는 사실을 알려주었다. 정경해의 시는 관찰의 힘과 발상의 전환이 결합된 유쾌한 작품이었다. 콤마의 활용이라는 지극히 세밀한 언어 운용은 시인의 장점이 된다. 비유를 활용한 감각적인 시 세계는 독자의 상상력을 자극하기에 부족함이 없었다. 그리하여 우리는 가족을 향한 애정을 소박하게 담아내는 정경해의 시 세계가 앞으로도 더욱 발전할 것임을 결코 의심하지 않는다.